歌 集

老 春 譜

石 塚 實

現代短歌社

目次

Ⅰ　二〇一二年〜二〇一九年

老春譜

Ⅰ

二〇一二年〜二〇一九年

水の輪

煙草買ふ夜路に光る星一つ昴はものを云はず
語らず

バイブルを手にとつて読む日曜日雨がすつかり上がつてきたから

揚羽蝶二つ戯れ飛ぶ様を窓に見てをり空は澄み切り

外界も人も遠のき行く夏の意識衰弱病ひ治らず

丹沢の山並み迫る丘の上積雲流るる幾つともなく

雀来て餌を啄ばむ昼下り遠くの駅の出発の笛

天気図を見つつ想ひ出わが辿り七夕の日の小さき幸せ

夕暮れの金糸雀の声聞きゐつつふとも空見る
トパーズ色の

水の輪の波紋拡がり行く様を見れば幼き頃の
偲ばゆ

薬事法違反のニュース流れつつ今日も一日暮れてゆくなり

鍋割山

通院のたびに眼にする丹沢の鍋割山にけふ靄
かかる

庭隅の落ち葉の上を飛び跳ねるハンミョウ
バッタ先に行きつつ

秋深み紅葉数多降り積もる午後の庭辺を兄は
掃除す

丹沢の尾根伝ひに並ぶ鉄塔の数かぞへをり電
車に乗りて

狭霧立つ夕暮れ時のアーク灯未だ帰らぬ母想
ひ居て

秋雨に濡れて帰れる猫のをり身を拭ひやる十
一月初旬

雀等の来なくなりしを淋しみぬ餌台のみが雨
に濡れつつ

幾多なる木の葉散らして吹きし風十八号台風
通過したるか

幸せに草をむしれる兄の居り台風一過静かなる朝

庭のアカシア

丹沢の尾根には雲の懸かりつつ木枯らし吹く
路帰り来たれる

紅葉の遅れし庭のアカシアを今日吹く風の掃き落とす如し

猫五匹蹲りて居るのみの冬近き日の午後の厨辺

木枯らしに木の葉渦巻く門口に冬近きこと沁み沁みて知る

丹沢の峰々青く澄み切りて青春の日の夢の山並み

砂時計時を刻める机上にはデフレ一色暗き
日々なり

小鳥らの少なくなりし我が庭に今日珍しく鳩
が寄り来る

鴉五羽木枯らし吹く中飛び行きぬただ灰色の空は拡がり

冬の日の暖かき昼文鳥の遠き木々より肩に戻り来

ヘリコプター飛び行く音の空にしてただ静か
なる冬の昼過ぎ

しろがねの翼はばたかせ飛び行きぬ後に飛行
機雲を残して

淡々と歴史を語る兄にしてけふ聴きたるは夕
ミールのこと

一人聴くタイスの曲に誘《いざな》はれ夜は自づと更け
てゆくなり

街に行き独りの淋しさ消さむとし着きたる街
はただ寒々し

肌を刺す冷雨に濡れて帰り来ぬほのぼの点る
玄関の灯は

梅は綻ぶ

屋根を打つコトリと云ふ音一つして後は静かな冬の晩なり

寝ねられず夜半を起きつつ我は居り時計の針
は二時を廻りつ

霜柱踏みつつ歩む庭の辺の餌置く皿に氷張り
をり

冷雨降り山は雪かと見上げれば丹沢山塊白く
聳ゆる

亡き母の命日今年も過ぎ行きて二月上旬梅は
綻ぶ

灰色の空から舞ひ来る純白の雪眺めれば春が
待たれる

梅の花蕾膨らみ咲かむとす春の兆しを漸く見
せて

双眼鏡覗く景色は春まぢか木々の芽ふくらみ
梅の花咲く

紅白《べにしろ》の梅の花咲く景色見る通院帰りの車窓に
我は

薔薇の花机上に数輪咲きてをり春は近附き夢を膨らむ

儚き夢

屋根を打ち木の枝落つる音のしてただ静かなる早春の晩

灰色に曇りて暗き雨の路植ゑ込みに咲くパンジーの花

山吹の今年も狭庭に花咲かせ雨降りをれどほのぼのとせる

途切れたる会話の合ひ間に垣間見し雨垂れ
水の輪の拡がれり

丹沢の麓につづく田園を飛び駆け巡るは小鳥
らの群

減反に田んぼ減りゆく此の頃を淋しむ者は我のみなるか

睡た気な瞳の如き春の月夕暮れ近き山の上には

浅草の虎のちひさな置物を二つ並べて机上に飾る

磯蟹をビニール袋に提げて持ち幼き我が写真に笑ふ

姉と手をつなぎて祭りの夜店行きヨーヨー買ひし幼なの我は

花屋には春の花々咲き乱れ既に儚き夢をかもせる

托鉢をして佇つ僧侶に風は吹く四月初旬の暖かき風

アカシアの刺を持ちつつ花咲かす白きその花何をか狙ふ

蒲公英の花に止まれる蝶の居り茶色き羽根を
風に靡かせ

雀鳴く声に眼覚めし朝にして春の陽光眩ゆき
ばかり

アカシアの花散り尽くし静かなり時折犬の吠
え声のする

アカシアの花片庭に敷き詰めて犬小舎のポチ
退屈なるか

春の風黄砂を乗せて吹き行ける辺り全てを土
色にして

夏鶯

瞑想に耽る日多き此の頃は読みさしの本机上に溜る

寂し気に独り外面を見やる猫兄弟猫の死にたるゆゑか

彼岸から此岸に架かる虹の橋けふ見し我の悲しみ深く

揚羽蝶泊まりの宿を捜しつつ此の夕暮れを飛
び廻りをり

初恋は遥かな浜の潮騒の如く我が胸押し寄せ
来るも

アラジンの如き入道雲昇る夏の昼なる神秘を
感ず

茶房には大学当時の曲流れアイスコーヒー飲
みて偲べる

大山の麓の街のデパートの本屋で雑誌一冊を
買ふ

飼ひ猫のしつぽの先の曲がれるを未だ忘れず
時折偲ぶも

夕暮れの雨の上がりし水溜り七夕祭りの飾り映せる

葉桜となりて淋しきわが庭に夏鶯の声を聞きたり

空蟬

草苅りの音の暫くしてゐしがやがて静まる夏の朝なり

風鈴の音色涼しき今日の日を夏の想ひ出一つ残しぬ

夏の夜を静かに廻る扇風機昔の猫の面影の顕つ

愛とふは生命力の源泉と想ひて暮らす初老の
我か

夏の日の遥かな想ひ出懐かしく亡父の想ひ出
彷彿とする

宝石の如き星屑ちりばめし光の欠片夜空より
降る

デパートの店員の人が云ひしこと「病気早く
治して下さい。」

夕立の止みし道路を一台の自動車通り陽の光り差す

虫籠に油蟬の空蟬を一つ残して夏去りしかな

アオマツムシ

蟬声の途絶え静かな庭の辺に秋風吹き初め木
の葉揺すれる

熱暑過ぎ夜となりにし厨辺に猫は玩具の玉とじやれゐる

朧ろにも想ひ起こすは我が亡《は》母《は》の乳母車押す優しき姿

台風の進路気になり新聞を開きて今日の天気
図を見る

霧吹でアオマツムシに水を与《や》る今日この頃の
朝の日課に

秋の日のお天気雨は頻り降り陽はモチノキの
木の葉照らせり

想ひ出の如くに鳴くは残り蟬遠くの丘の森の
奥より

秋風を静かに呼吸する如く蝶々は羽根を閉ぢては開く

秋なれど山から未だ戻り来ぬ雀らの身の無事を祈れる

暑き夏終はり涼しき秋と成るコオロギ鳴きて
晩の静けさ

籠に飼ふアオマツムシを見てをれば長き触角
絶えず動かす

柿の実のたわわに稔る道路脇秋の夕陽を受けて静もる

街の灯り

起きづらき此の頃我は眠くして椅子につきて
も尚寝ね入るか

テーブルに風邪薬置き永らふる秋の日我は兄
に感謝す

終日を家にこもりて過ごしをり外の面は秋の
雨降りつづく

台風は上陸せずに通過して光眩ゆき晩秋の朝

自動車の普及したりて此の頃はバスはがら空きのままに行き交ふ

山吹の枯葉動けばふとも見るモチノキ一羽の
雀止まれり

三毛猫の病院療治を終へたりて帰る日を待つ
十二月の日

三毛猫の療治に出掛けて帰り来ぬ部屋にも夕
陽赤く差し来る

蛍光灯薄暗きバスの車内より街の灯りを見つ
つ帰りぬ

雪の舞ひ

雀来てゆふぐれ遠のく冬の日の部屋の窓なる
雨戸を閉めつ

桜咲く春恋ほしくて仰げれば白雲小枝にかかり見えをり

君に似し人を見掛けて振り返る師走の街の人混みの中

梅の木にヒヨドリ止まり鳴きてをり四、五羽
つどひて鋭き声に

梅の花咲く日は未だ遠けれど蕾膨らみ春を匂
はす

一人身の部屋寂しくて薔薇の花街に買ひ来ぬ
机飾ると

自販機の灯りに光る雪の舞ひ見つつ遥かな
日々想ひ出す

復活祭今年も近附き来たるなり春の待たれる
如月の日々

梅の花綻びかける此の頃は寒さも峠越したり
温し

甘き花蜜

兄と我二人暮らしの縁にて買ひ来しチューリップをテーブルに置く

白々と明け初め来たる東雲の空に明るき雲一つ見ゆ

梅の花蕾膨らむ此の頃をヒヨドリの声鋭きを聞く

自然との闘ひ在れば和解在り春の日和の暖かな日々

白血病の疑ひ云はれ帰り路の丹沢山は蒼く澄みをり

不老山亡《ち》父《ち》と登りし想ひ出を辿りて地図をていねいに見る

初夏《はつなつ》の光に病葉散る狭庭死にたるポチの小舎の残れり

春過ぎて初夏と成りたる路に見る植ゑ込みの
花三色すみれ

揚羽蝶蜜柑の枝に止まりつつ蜜を吸ひをり甘
き花蜜

アイスコーヒー

野の花に蜜蜂止まるを見る我に自動車埃を巻き上げ通る

我が兄は今年も去年も同様に網代の海へ行ける八月

ビニールの袋に入れし磯蟹を手に持つ幼なき写真出で来ぬ　※

机にも飾りし君の写真見て高校時代を偲ぶ此の我

茶房にて働く君の姿見え夏の終はりの淋しさの去る

秋空に浮かぶ白雲恨めしき我が愛の山雨降の
山

茶房にて飲むコーヒーの苦き味我が人生のあ
ぢはひに似て

巡り会ひ去り行きにつつ暮らす人今日夕暮れ
に虹を見しかな

茶房には君の姿は見えずしてアイスコーヒー
飲むは淋しも

十月の恋

秋と成り我が家の庭にめづらしきジョウビタキ来て鳴くを聞きたり

鈴虫に胡瓜を買ひて帰る路我が夕影の長く伸びをり

ブルドーザー一つ残りて暮れゆくか工事現場に秋の風吹く

今宵又更け行きフクロウ鳴き出だす子供の頃
に聞きしその声

コオロギを飼ひゐし秋の日過ぎ行きて一つの
瓶の厨に残る

隣り家の塀の上をば歩みつつ我が家の猫の十月の恋

孤独なる我が身淋しみ行きし街茶房に寄りてコーヒーを飲む

夕光の差すテーブルにＡＢＣビスケット幾枚並べし我か

伊勢原の街角全て提灯の飾られ道灌祭り近附く

刈穂田に雀ら群れ成し餌を漁る空は虹色今日なる日暮れ

春の呼び声

裏町のパチンコ店の玉の音終日響き賑やかなるも

少年と少女の頃なる君と我共に学びし校舎残れり

通院を終へて帰りし玄関に猫のミーコは我を待ち居り

帰り来て一人の食事済ませたり月に一度の通
院を終へ

雀の子山吹の葉に来て止まり枝先撓ひて揺れ
るを見たり

嵐過ぎ落葉溜りし庭の辺を兄は熊手を使ひ掃き寄す

雪融けし後に残れる枝木など見つつ通れり今日の散歩に

風凪ぎて穏やかなりし夕暮れは春の呼び声遠くする如

蛇

曇りたる窓の硝子の向かうには春の庭辺のモチノキの見ゆ

遥かなる「風の又三郎」読みし日は春の風吹く三月のこと

ヒヨドリが桜の枝より飛び立ちて花片散らす一片三片

遠き日の君の仕合せ祈りつつ見上げる空に春の夕雲

何故に悲鳴の如き音なるかコーヒー豆の砕かれて行く

遥かなる帆船の如去り行ける人生なれば振り
返り見る

去り行けるナミブ砂漠のその土地に生息つづ
ける生命の群

束の間の人の身なれば死にし後蛇に戻るが定めなるべし

花火

初夏となり雨蛙鳴くその声に亡き母偲ぶ今日
の我が庭

キャンパスに君が笑顔を見し夏の病葉一片風に流さる

裏切りの君の想ひ出残る街京都の街は深く眠れる

鎌倉へ君と二人で行きし日に咲きゐしヒルガオ今日畔に見る

終日を積乱雲は育ちゆき宵闇に見る厚木の花火

笹の葉の微かに鳴くがに音立てる七夕祭りの
平塚の街

野菊

玄関の床にウマオイ留まりて触角動かす秋の宵口

コンビニの帰りの路の水溜り秋の夕雲映すを
覗く

幸薄き我ゆゑビール一杯も飲めば赤らみ酔ひ
の廻れる

安保法成立したる後にして秋凛凛と深まりて行く

今日の日は小春日和の日であれば布団を叩く音聞こえ来る

秋虫も鳴かず荒びし野の原にそれでも野菊一
輪残る

春雪

庭の辺の冬の木立の散らしたる落葉掃き寄す
庭隅にへと

梅の花咲くが待たれる冬の日を薔薇一輪が先
に咲きたり

春雪の降りにし彼の日想ほゆる高校入学試験
の下見

節分の豆が転がる部屋の床あちらこちらと踏み場に迷ふ

若き頃兄と行きにしヨガ道場想ひ出しつつそのビデオ見る

憲法の改正反対訴ふる街頭の声聞きつつ通る

有明

通院の日々に通れる並木路桜並木は葉桜となる

路端の植ゑ込みなれどパンジーの路行く人を喜ばせをり

想ひ出す事も朧ろに乳母車一つ残れり庭の片隅

めづらしく鎌倉トンボの姿見せ初夏の庭辺を
静かに飛べる

紫陽花の花咲く大徳寺境内に君と別れて四十
年経つ

夏の日を麦藁帽子かぶりつつヒルガオの咲く畔に草刈る

有明が風に揺らげる水溜り踏まず歩むは夕暮れの路

秋の日の夕光りする洗車場夏の面影残す此の
日か

微かなる想ひ出辿り読む日記小学時代は夢か
幻

Ⅱ　一九六七年～一九七一年

つゆくさの花

風強く木々はざわめきその背には黒き山々夕
陽ふくらむ

梅雨季の寂しき雨の降る音は悲しき心をせきたて聞こゆ

梟の鳴く声近くに聞こえ来て初夏満天の星は瞬く

寂しさに耐へきれぬ夜の月あかり窓の隙より
零れ入りくる

ゴオゴオと米軍機二機飛び立てば厚木の空は
穏やかならず

何を為し生き行くべきか知らねども生きて行
くべしさびしかれども

百舌が啼く朝清々し水遣りのみづに映ゆるか
つゆくさの花

いざよひ

早朝を雀集まり騒ぎをり黒き電線ゆらりと揺らし

電車待つ向かひのホームに友人を見附けむと
して目を配るかな

どんよりと曇りし空に一筋の弧線描きて鳥は
飛び行く

相模川寂寞として流れ行く岸に佇むをみなごのをり

波寄する磯に佇む我なりしか恋ほしきひとに想ひつのりて

君想ふこころ悲しく今日も又相模の浜を一人
さまよふ

深まりし秋の夕暮れ富士の峰が今日の名残り
を惜しみ光れる

岐路に立つ我が心なるいざよひは海に浮かびて消えゆく波か

立ち込めし夜霧の街をさまよへば電車は我が前光り過ぎれる

やくわん

一人してストーブにあたるわが母の寂しき姿
に冬は来たれる

凍てつける路を駆け行く足音を朝の床にて聞きて起きたり

ラッシュ時を過ぎれば駅に待つあひだ長閑に人ら話ししてをり

丹沢に雪積もりしを云ふ人に我も思はず峰仰ぎをり

北風の渡りて行きし丹沢の尾根にかかれる初雪白し

クリスマス近き此の日の街角の雑沓の中を一人歩める

デパートの窓より見れば冬空がただ青々と晴れ渡るのみ

バス降りて帰る路影長ければ母は「斜陽」と
いふ語教へき

悠久のひかりたたへるオリオン座冷えゆく空
に瞬きてあり

カサカサとなりし手の平見つめつつ長き一夜を想ひ詰めたり

雨垂れのしづかな音を聞きゐつつ炬燵にあたる冬の日の午後

百舌狙ふ猫の目激しく光りをり枯葉舞ひゆく
冬の山里

去年買ひしカレンダー一つさびしげに残れる
壁に冬の日は射す

ストーブの赤き炎にやくわんの湯カラカラ煮
たち静かなりけり

鉄橋の架け替へ工事に今日も又鶴嘴の音響き
渡れる

枯葉舞ふ風音すれば聞こえ来る猫の鳴き声絶え絶えにして

ストーブにかけしやくわんの音絶えしと想へばお湯の干上がりてをり

雲雀のこゑ

吹く風に春近づきし此の頃か更けゆく夜半に
窓を開けたり

遠くして長距離輸送の車行く早朝なる路ただ
ひとすぢに

教室の窓より眺める故里の山はかすみて遥か
に遠し

西風は未だ雪風孕みつつ窓開け放ち春待つ我は

黒板に書かれし文字もかすみ来て級友揃ひて皆帰り行く

君がことただきみのみを想ひつつ帰る坂道差す陽を返す

春未だ来ぬ空一人見上げつつ帰路なる君を想ふことのみ

煙突の煙は遠く流れ行きかすみて見ゆる山に
かかりぬ

花屋には幾つも草花咲き揃ひ種買ひたしと想
ふよな今日

今日も又終日虚ろな日で在りし更けゆく夜半
もわが恋止まず

鳴き交はす雀のこゑも軽やかか春近づけば心
沸き立ち

学校の授業怠りて電車に乗り一人着きしは未だ見ぬ街か

窓開けて車内に風を吹き入れる相模灘より吹き来る風を

丹沢が小さく見ゆる渓に来て一人想ふは君のことのみ

雲雀鳴く声聞き春空見渡せど霞みし空にはその影も無し

さへづれる雲雀のこゑの遥かなる空に吸はる
る春は来たれり

箱根山

八重咲きの椿の花の一片と一片と散り春通り行く

をちこちを泳ぐ姿の鯉のぼり四月下旬の病室
より見ゆ

入院のベッドの中で想ひをり（春の緑の野を
歩きたい・・・）

ひたすらに退院する日を願ひつつ一人静かに
眠りに落つる

病室の窓より吹き込む風はもう何処かに夏を
感じさせるも

健康に早く成りたくしよんぼりと道行く人を
眺め見てをり

ベクトルも複素数をも忘れ果て晴れし日の朝
われ退院す

入院の合間に何時しか桜道葉桜となり退院したり

久々に晴れし日の朝起きてより心浮き立ち空仰ぎ見る

富士山はここより見えず箱根山ここから見える懐かしき山

アカシアの枝しならせて咲く花のその一房に春を楽しむ

病院の白き建物見るつどに想ひ出すなり入院の日々

浮雲

暫し見る茜の山の夕暮れか木の間越しにてバスより見れば

野も山も変はりあらねど我のみが浮雲の如変
はり行くなり

アカシアの花散り終へて南風の吹き来る今日
か母入院す

野良犬が死んだと思ひ心騒ぎ駅の構内見廻し
てみる

一羽にて頻りと鳴ける雀居り何を想ひてか駅
舎の屋根で

母からの手紙一通封切らずに机に置かれある
夕間暮れ

赤き薔薇摘まんとおもひ手を出せば手を怪我
すると姉は止めたり

窓辺より夕陽の赤き西空を見れば明日の晴れむ日想ふ

相模川渡る電車に想ふこと君の明るき心恋ひしと

ひよいひよいと鳴く雨蛙のこゑ聞けば入院せし母想はれてくる

降りさうで降らぬ夕暮れ小寒きに鳴く雨蛙何をか想ふ

試験終へ戸外に出ればハッとする何と明るき
陽の降る街は

母居らぬ家へと一人帰り来て何とはなしに猫
抱き上げる

夕暮れて行く山々を見つめつつ君の姿を想ひ出しをり

猫のみがわれを慕ひてなつきをり身を擦り寄せて頻りと鳴ける

相模川

学校の帰りの路で蹴りし石コロコロ転がり溝
へと落つる

青く澄む空と山々を眺むれば遥か幼き頃のしのばる

二人して仲良く歩く人見れば君のことなど想はれてくる

先を行く君の姿のいぢらしくわが青春の想ひは悲し

小雨降る庭に咲きたる紫陽花の花のみ明るしゆふべ霧らひて

今日も又雨と知りては傘差して泥濘む路をとびとび歩く

霧立てる街並み見下ろし口ずさむこゑ淋し気にをみなご一人

貨物線線路に咲きたる黄の花の名前は何かと
人に聞きたし

雲間より差し込む陽射し懐かしく暫し眺むる
梅雨の日の午後

紫陽花の色は日ごとに変はり行き梅雨の日の
午後ひとり見てをり

病院へ通ふ道の辺パンジーの花美しく何故か
嬉しゐ

想ふまい想ふまいとは思へども君のことのみ
想へる我は

美しき君が姿が発熱にもうろうとせる頭に残
る

吹く風の涼しき駅にひとり立ち本読む人よ夏
来たるけふ

青空に浮かべる雲を見るにつけ明るき君を想
ひ出すなり

黙々と流れる川よ相模川今日も見降ろす君を想ひて

鳥の鳴く声にて窓の外《と》を見れば雨降るなかに夜は明けゆく

この日々を恋と詩《うた》とに賭け行けばわが青春に
悔いは残らじ

しとしとと雨降る夜を起き出でて我想ひたり
夜の白む迄

恋

台風の迫り豪雨の降れる朝相模川の水黒く流るる

曇りきて暗くなりにし教室は君の声のみ明るく聞こゆ

雨あたり濡れては髪を乱したる君の姿はいぢらしく見ゆ

授業中幾度も君の横顔を見つつ眼逸らすノートもとらず

「おまへらはロマンティックに溺れてる」教師云ひしは我には侮辱

待ちに待ちし試験の終はりの日となれど心空しく家路を辿る

夜半を起き風の強きに驚きぬ外の面の木々の騒ぐそのおと

本に飽き寂しき心はなにゆゑと想へば君の姿
が浮かぶ

夕焼けに赤く染まりし空見つつ何時とはなし
に君想ひをり

寝ても尚起きては更に想はるるこの想ひこそ
君に告げたし

何故に悩み沈みて嘆かへるこの想ひこそ恋にてありしか

今日の日も電車に乗りて君想ふこのわが心君
は知らぬか

天文学

雪残る丹沢山に別れ告げとほくの街へと今日
は旅立つ

雨降ると眺むる線路に霜かかり君を恋ほしむ
わが身さびしく

行く人は皆他人なり雨の降る四条烏丸にバス
待ちてをり

遠々に溶接光のひらめきて雨の降る日は暮れ
ゆかむとす

雨上がり小寒の風吹き来るか遠く山の灯はや
点りつつ

北風に枇杷の小さき花は揺れ弱き陽差しに照らされてをり

会へぬ日の黄昏寂しも赤々と天王山に夕陽落ち行く

キャンパスをジグザグデモの過ぎ行きぬ四・
二八沖縄デーの今日

校舎出で夜空仰ぎて佇みぬ天文学の講義終は
りて

アルバイト終へて帰りの路に見る赤き火星の
寂しく誘ふ

Ⅲ　二〇二〇年

五月雨の降る

冬の日の暗き想ひ出脱ぎ捨てて今春の日を街
に出で行く

入学を明日に控へし若き等が茶房の傍なる舗道を行くも

初恋の想ひ出残る故里の田んぼの畦路車で通る

悲劇なる今年の春の出来事を顧みもせず五月
雨の降る

初夏《はつなつ》の光は空に満ち満ちて丹沢山に若葉茂れ
る

潮騒の如打ち寄する風音の夜明近くの庭を渡るも

夏の日に蟬つかまへし想ひ出も遥かとなりゆく六十六歳

病葉

一抹の寂しさ加はる停車場に音も無く散る病葉なるか

此の国の戦後の危難救ひしはツバメなりしと
小文読める

戦争は絶えず起こりてたはやすく人を危難へ
導くものと

戦争の傷跡残す原爆の惨禍は消えず立てるドームか

欅より散る病葉のその影に高校時代の君が偲ばる

畔に咲くアキノノゲシのくきやかな花見つつ
行く散歩は楽し

君在らば如何に嬉しき人生か野分の風は肌を
撫で吹く

千切れ雲幾つか浮きてさすらへば望郷の念胸に満ち来る

秋空を大きく二つに分割し飛行機雲の西へ棚引く

夕暮れに見し有明の月光が瞼に想ひ浮ばる宵か

鉛筆

冷雨降り土のモグラも気の毒な冬の日コピー
印刷しをり

同窓会名簿に若さ戻り来ぬ母校の校舎の写真
載りゐて

遥かへと去り行く叢雲追ひ行けば君住む街へ
流され行くも

若き日の悲しみ想はす曲流れただ懐かしき青春の頃

春なれば心浮き立ち見やる空流れて行ける綿雲の群

コロナ風邪癒えて久しき春の日を土手の土筆の幾多伸び行く

あちこちと踊子草の花咲かせ今春盛り停車場沿ひは

鉛筆を削れば香る木の香り中学時代の蘇へり
来る

あとがき

本書は、中学・高校からの新聞雑誌の投稿欄及び歌誌（久木、アララギ、短歌人）に掲載された作品とその他のノート書きの作品をまとめて編纂したものです。

私は大学卒業後、罹病し永い間、療養していましたが、このところ、具合も良くなり、又、歳も六十八才となり、人生に於ける区切りとして、あるいは集大成として、これまでに書き溜めた歌稿をまとめるに至りました。内容は、主に日常茶飯事の平凡なものですが、平凡の中において非凡なものがある、又、平凡だからかえって非凡だという気概で作歌も続けて参りました。本書の構成ですが、Ⅰは短歌の作歌を再び始めた時期（五十八才～六十八才まで）、Ⅱは中学三年から大学二年まで、Ⅲは最近作という構図です。従って、大きくⅠ、Ⅱ、Ⅲ、と三章に分けて区切りを付けて居ります。勝手ながら、私の人生の苦難の足跡をこの本によって感じ取って頂ければ幸甚と存じます。
末筆ながら、現在の歌人としての私を育てて下さった、アララギ、旧久木会、短歌人会の各先生方、及び先輩の方々等、御世話になった方々に心から感謝致します。最後になりましたが、この歌集『老春譜』の出版にあたり、様々なお世話を頂いた現代短歌社の皆様方、特に編集長の真野少氏には、心から感謝致します。そして又、私事ではありますが、私を此の世に産んでくれた亡き母石塚美智子にこの場を借りて哀悼の意を表し、幼い頃から、短歌開眼の路を拡いてくれたことに感謝します。

石塚　實

令和三年二月吉日

南風は梅の花片散らしつつ吹き行き庭は艶やかなるも

略歌歴と学歴等

一九五四年　石塚富士之助・美智子の四男として出生
一九五九年　平塚市立城島小学校入学
一九六五年　同　卒業
文集に〝クロとアカのこと〟などを書く
「小さな目」（朝日新聞）に詩一編を掲載さる
伊勢原市平塚市教育組合立伊勢原中学校入学
一九六八年　同　卒業
この年、初めて短歌を記す
神奈川県立希望ケ丘高校入学
一九六九年　高校二年秋、初めて神奈川読売歌壇に掲載。以後投稿を続ける
一九七一年　同　卒業

同志社大学商学部入学
久木短歌会、アララギ入会。読売新聞の読者歌壇で賞を受く
一九七二年　短歌人会入会
一九七六年　同　卒業（病のため、一年留年を余儀なくする）
一九七八年　二十四歳秋、病に伏す。以降、静養期間のため、ほとんど歌作せず、空白の日々。家庭塾、不動産業、農業などを職とする。
数学、量子力学、天文学に興味を持つ。宅建免許取得
二〇一二年　歌作再出発、雑誌投稿等する。
随筆を書き始める。随筆集「彩」に〝病葉と秋〟〝七夕祭り〟〝雀達の来る庭〟等が掲載される

歌集　老春譜

二〇二一年三月二十八日　第一刷発行

著　者　石塚　實
発行人　真野　少
発行所　現代短歌社
〒六〇四-八二一二
京都市中京区六角町三五七-四
三本木書院内
電話　〇七五-二五六-八八七二

装　丁　田宮俊和
印　刷　創栄図書印刷

ISBN978-4-86534-358-8 C0092 ¥2500E